歌 集

ほしづき草

伊藤雅子

第１歌集文庫

賜はりし星月草の花写真われのひかりと朝夕《よ》見飽かず

目次

Ⅰ

宙

風わたる野に見送れりうち列ね遙かの鳥となりつつゆくを

わらべらの去りしゆふべの原なかに巻きのほぐれし草笛残る

一様にすすき穂群のかたなびき斜に奔《はし》る風の道みゆ

忽然と毛ぶかき犬のあらはれて白きすすきの原に入りゆく

動かざるものに混りて靡くありそを光らせて風は過ぎゆく

湿原にわたせる木橋ふみゆくに季《とき》すぎて色うすき穂の花

いととんぼ翅を合はせて畳めればいのちは細き一すぢの糸

ただよへる花の香のあり源の分かぬかなたにこころ寄せゆく

もくせいのはな濃密に匂ひくるにあはれ間合《まあひ》のあるをきき分く

たまものと思ふときのま身ひとつは木犀の香につつまれてゐて

切株に散りぼふ松葉はらひつつ指に冬日のぬくもりを知る

いちまいの落葉が乾《から》びたる音にうごくと見れば虫這ひ出でつ

枯原にしばし立ちをり飢うるごと陽光《ひかげ》恋ほしむわれも冬の樹

目のおくにとどめておかむ冬原のこずゑの間《あひ》の黄なる日輪

寒空のこずゑ梢をつなぎゆく使徒とおもへり小《ち》さき鳥らは

たかぞらに鳥たちゆけりその羽音われをつきさし共鳴《ともなり》をする

水

いちまいの白布となれる滝のうら羊歯打つみづの滴りを見つ

滝しぶき額《ぬか》に冷たしよみがへる精気を得つつ立つ岩の上

ひざまづき水の浄きを掬ひたり掌に汲めば蒼さ失ふものを

岩畳む淵どを覆ふ樹樹のまにわづかにみえて秋あさき空

＊

さしのぞく深井の底に映れるはいづこより来し小さき顔ぞ

昼すらも星映すとふ星の井戸貧しき面の覗かずにおけ

径

瘤だちし根かたに坐り風のなか告げられて聞く言葉ひとつは

つつみこし心を放つ冬原に刻印のごと風が鳴りゐる

まがなしき樹となり立てり耳に鳴る風のひびきに支へられゐて

あきらかに映るを畏れ自《し》が影を大樹のつくる蔭に容れゆく

おのづから歩みを合はす音の澄み澄むおとのみに舗道《しきみち》つづく

立ちどまるとき極まらむかなしみを互《かたみ》に言はね径はつづけり

羞《はぢらひ》を越えむ心のあることを知りそめて今それを恥ぢらふ

しかすがに思ひ惑へば背を伸ばしひき返すなり一すぢの径

歩みきて角《かど》なす塀の側面に起ち上りたるわがさむき影

磨《と》ぎゆかむひとつえにしよ額《ぬか》あげて冬の北斗の柄の下に立つ

はるかより声とどき来《く》やガラス器に張りたる水のかすかに揺らぐ

壁に吊る瓢《ひさご》のかたち見をりしに堪へねばならぬさびしさを知る

浄まりてゆく思慕のあれ身をひくめ枯れたる芝に火を放つなり

寒卵ばら色させる朝ありてわが日月《じつげつ》をいたはらむとす

餐

しら布を展べたる卓に匙ひかり改まりゆく昼のこころは

もの音の絶えたる真昼対きあひて同じき食をたうべつつゐる

あはき黄の陽の斑《ふ》あふるる苑にたち芽吹未《ま》だしとそらを見上ぐる

呼ぶこゑのさはやかなるに従《つ》きゆきて冬ざれしるき地《つち》に影おく

指先まで映れるわが影われよりも確かなものにみゆる陽の中

寄り来たる水鳥に手をさしのべつ屈まりながら思ひ溢れて

卓上の蠟のほのほに浮きいでし貌もつものをみつめてをりぬ

当てどなく来たりしほとり噴水をとざせる夜の水栓を見ぬ

立ち折れの枯葦いけの面《も》にさやりわづかにひかる水皺《みじわ》をたたす

湧水の音かそかなるに歩をとめて聞きをり暫しかなしみのごと

枯葦の風《かざ》折れの秀はこの水に流れゆきけむ日もまた夜も

凍て空を刺せる欅の梢《うれ》のあひ雫たたへて星ひかりゐる

ブローチを外して卓に置きしとき顕ちきぬ森に見し冬の星

シリウスの凍れる光見しからに独りのおもひ守りつつ寝《い》ぬ

硯の面

洗ひたる硯の面のあをあをと見えくるときに時雨降りくる

降る音のひたすらなれば目の前のガラスをとほし夜の雨匂ふ

横顔《プロフィル》に実在感をにじませて絵画〈マルセル〉の絵葉書とどく

にんげんの屹と在る絵を壁にとめ見つめてをりつ独りの刻を

文の束焼かむとマッチ擦るきはの心ひそかにありつつさわぐ

はなやかな墓場となれよ身をかがめ文の束焼くさ庭の窪み

その日生きゐること当然のやうに逢はむとする場所約して了へり

長くながく別るるままに待ち尽す逢はむ思ひを錘《おもり》となして

歳末のこころも体もけ寒くてチャップリンの映画みに街に出づ

庖厨歳時

単調につづく暮らしに或るときは酢をふり打ちて飯《いひ》かがやかす

白々と朝の厨につやめきて迷路のごときキャベツの断面

ひかり差す皿の白魚たばしれる水の雫の色なしにけり

器に割りし卵はいのちの鮮かさ湛へてまろき黄味を盛りあぐ

食せむに何となけれど有難しさくらんぼに柄のあるといふこと

青き実のひと粒ひと粒を洗ひつつ世過ぎつたなき身のことおもふ

てのひらの染まるがままに紫蘇の葉を揉みをりひとりの刻ふかめつつ

粥を煮る炎ゆるゆるゆると細めゐて今がもつとも優しき妻か

切口より伸びてみどりの寸ほどがみづみづしけれ籠の中の葱

停まりゐる自動車《くるま》の黒き側面がわれの提げもつ大根うつす

白珠の今年の米を手のひらにひろげて見をりそのかがやきを

白菜の一葉ひとはを剝がす手に伝はりてくる充実のおと

ふるさとの海は遠けれ剝きたてのふるふるの牡蠣もろ手に掬ふ

鮟鱇に呑まれし雑魚も煮られゐて円居《まどゐ》せる夜の過ぎてゆくなり

灯は白く土間に及びて葱の皮の剝がれしままにかげろひてゐぬ

俎板のくぼみに水の残れるを拭ひつつきく夜の時雨を

汲みおきし寒夜の水のしづけきにその表面に漲るちから

童画

泣きじやくる幼な児のこゑ節ぶしに抑揚あるはたのしむらしき
ゆるやかに投げやる毬を受けとむる幼な児はいつもまばたきをして
なはとびの縄は大地を掠めつつゆるびなき弧を空《くう》に截りたり
弧をゑがく縄の域より越えなむと見放くるかなた夕茜そら
大波小波に揺れゐる縄を越ゆるときかなしき態《なり》す身を撓めつつ

風さむくわたる広野に幼な児の喚ぶ早言《はやこと》のこゑ透りくる

おとうとの生まれたる聞き小さなる膝をそろへて女童坐る

しみなきもの常に畏るるわが傍へ白につつまれみどりご眠る

樅の木に置かれし綿の雪にふれ「ユキ　アッタカイ」と二歳児の声

かぶとむし甕より出でておもむろにおのが値札を這ひのぼりゆく

小世界

ふるさとの花を写せる集いだき帰る夜のみち花の音たつ

咲きそめし赤きつつじの三つ四つをめぐる羽音の旋律をもつ

幾日も助詞のひとつになづみをり梢に鳥はひと息に啼く

窓ガラス磨くすなはち映りゐる雲に梢にわが手は触れて

若竹の伸びゆく速さ朝ごとのおどろきとして窓押しひらく

朝炊ぐ窓べにつよき香のありと仰げば樟のわかばのうごく

庭隅にいつか殖えたる八つ手葉の湧き立つみどり日照雨過ぐ

かたつむり這ひゆく下枝《しづえ》しめやかに時移ろはせしろがね光る

行き交ふに傘さしをれば安からず靴見え裾見えその顔知られず

傘のなかに湧きし思ひのとめどなく侵さるるなきわが小世界

人来ずと知りたるわれは拭きをへし畳の上にしばし坐りぬ

人在らぬ軒に吊られし籠のとり嘴《はし》ふれ合へる寂寂《せきせき》のこゑ

みづからを恃むことすら危ふけれ卓にこぼれて白し散薬

差障りなき辺りまで子は話しわが問しづかに拒まれてをり

卓の灯の及べる範囲　書くわれのものとし夫も子も容れぬなり

白き足袋きつちり穿きて立てるとき女の意識よみがへりきぬ

秋来寒夜

暮れそめし秋の空より屋根葺のをとこ身軽く下りたちにけり

秋空を仰ぐと人はうちつけにたかく息づく喉仏見す

つつがなかれと見送るそらに候鳥ははや楔形かたどりてゆく

踏み消しし焚火のうへに散りかかるかへで一葉のくれなゐのいろ

枯落葉まろべるつちを掃く音のかさと一葉に及びけるかな

霜ばしら踏む感覚のたのしくてわれはつぶさに土崩しゆく

平穏に馴れ坐す座より遠からず八つ手のしろき花こぼれゐる

陽の差せる縁によろぼふ冬蜂の或る角度にて翅透きとほる

夜の気のしづまりゆくを湯の中に一顆の柚子のかがやきてあり

読みながら雨降る音のかかりそめと聞きゐしにいつか冬の雨なる

寝にたちしをつとが卓に残したる耳搔ありてむずがゆき耳

鼻のみを彫りたる貌の壁にあり簡潔にして冬の刻過ぐ

鵜飼

上りゆくに一つ流れの川の名の変るおもしろ　小船にてゆく

綱をたぐる鵜匠の面《おもて》かがり火に映えて浮き出づ思はぬ若さに

魚捕りて浮かび来し鵜はのみど伸べ天に嘴《はし》むけここぞと羽搏く

つながれしままに潜らむとする鳥のあなやふなばた踏みはづしけり

横になりてまなこつむれる鵜もありつ篝の明り及べるなかに

かがり船遠く去りゆき闇ふかし水をわたりて鵜の声ひびく

自画像

Ⅰ　佐伯祐三展

純粋を問ひつづけしか幾つかの自画像つぎつぎと変貌の跡

ゑがかれし線のみの脚かろやかに往きをりいづこへ急ぐ脚なる

肺を病むひとが遺せし画布の裸婦肌みづみづと息づきてゐる

死の年にゑがきし黒き絵の〈扉〉いよいよ重く閉ざされてゐつ

Ⅱ　岸田劉生展

道　四首

ま下より見あげて描《か》きし坂のみち画面なかばを占めて迫り来

切通しの赤土の坂　地軸より押しあげてくる力の透る

枯草むらに陽のそそぎゐる絵のおもて草はしづかなひかりを発《はな》つ

わが心起たしてゆかな遠近法に描かれし道に陽は照りてゐる

青き果をもつ女童《めわらは》の不可思議に笑まひゐるなり音なきま昼

麗子像　四首

おかつぱの髪ふさふさと揺りながら麗子は画面よりたちてくる

つやつやと麗子の頬のまるまりてわが幼な児といたく似かよふ

いとほしみいとほしみつつ描きしか麗子の微笑遺されにけり

額の絵はひつそりとあり曲線にほそく描かれて匙ひかりゐる

存在　六首

剝きかけのみかんはそのままキャンバスに描かれ果肉のみづみづしけれ

淡彩に描かれし茄子のむらさきが点しのごとく目に沁みてきぬ

ひと茎の草もつ男の肖像画いちづなる眼のさびしく澄むは

つらぬきてゆかむ念ひか節くれの人さし指をたつる自画像

対きあひて見入りゐたれば自画像の眼鏡のおくの目がきらめけり

像　―彫刻の森美術館―

てのひらに額《ぬか》おほひ哭く男《を》の像の声にならざるこゑ噴き出づる

一木造りのあらき彫目を脈うたせ裸のをとこの哭ける激しさ

恍惚はかく具象され目と唇《くち》を合はせし女男《めを》の石像残る

うづくまる女人の裸像薄日うけ翳もつものの量感見しむ

〈腕のない細い女〉よ錐のかたちに立ちて人間のさびしさを告ぐ

〈踊り子〉の双の乳房片なびきくねる体が律動おこす

しかばねの犇きあへる〈断絶〉像　背にしてわれの笑まふを撮らる

造られし迷路に入りてはからずも心充つるをかなしみにけり

母逝く

かがやける水を湛へしこの青き湯槽に母を昨夜《よべ》死なしめき

怒りにも似たる嘆きを今は言はず水に浮腫《むく》みし死顔みつむ

みづからが湯灌せしごと母は死に終《つひ》の孤りを徹《とほ》したまひき

明日は焼かるる母をかこみて母のこと語り合ふ夜の死ぞ身近なる

なきがらの傍へに寝ぬと寄るわれの影はおぼろに壁にゆらめく

黒白の幕をめぐらす手早さが玻璃戸に映りゐたり明るく

母焼かるるを待つま彼方の空をさし一羽の翔くる直線の影

足病める母にてありき細長きみ骨ひらへば音なく崩る

いま一度言ひてほしきに聞きたきに母の喉仏骨つぼに入る

母の亡き縁に陽は充ち丹精の君子蘭の朱《あけ》鉢に咲きゐる

墓石とやがてなる石店さきの春さんさんのひかりに青む

一掬を尊びにつつ真水もて雨に濡れたる墓石《ぼせき》を洗ふ

厨子の扉《と》をあくれば明りかそかにて仏のまろき頬浮きいでぬ

流灯

精霊《しやうりやう》の舟流さむと川の面をたしかむる手にひびく水おと

送り舟点せば魂の宿れるか曳きあふやうに川波うごく

これの世の灯に照らされて流灯の真菰の舟は川くだりゆく

ひとつ灯を守りてくだる舟見つつ添ひゆく心みづみづとして

彼岸の謂《いひ》さとり得ざるに陸《くが》の灯と精霊の灯の距離ひらきゆく

流灯の明りの点となりたるを目守りてをりぬ夕闇のなか

流灯も流るる水も還るなし葦群落にわれは寄りゆく

朝明け

金のすぢうす紅のすぢ朝あけの彼方より差し雲のかがやく

疾く起きて遇ふしののめの光る雲わが生《よ》のなかのひと刻の今

亡き貌を顕たし見放くる西かたの未明のそらは薄ずみわたる

さへづりし一羽に次ぎて諸鳥の啼きごゑ湧けり暁《あかとき》の天

ひかる雲うすれつつ消ゆ遠き野にいま結ばるる白露やある

あめつちは明けわたりたりいきいきと地上に人らひしめき出でむ

あけぼののかがやく雲をつつみ容れ青ひといろにひろがれる空

登　る

I　飯綱山行

山ゆくはさみしきものか遠くよりひびきてきたる銃声ひとつ

あらはなる木の根段《きだ》なす登りみち一樹一樹のいのち踏みしむ

飯綱忍法樹てたるといふ山なかに大き空木《うつほぎ》ありて傾く

修験者の拋りけむ祠に若者は拾ひし石をただ積みて過ぐ

陽を受けてもみぢ一樹の炎《ひ》となるに驚くわれの指差しにけり

頂に立てれば四方の音絶えて遙かかがやく雪の連山

方位盤に確かむる山純然とそばだちてをり天澄めるもと

高どより見るさびしさや山を縫ひ遠くしろじろと道のつづける

たどり来し山のみづうみ水澄みて揺るる木橋の影をおくなり

山くだり来たりてなほし捨てがたく隠《かくし》に鳴らす木の実幾粒

II　火の山をゆく

北を指す磁石ひとつを頼みとし火の山をゆく霧を分けつつ

見過ぐせば事なきものを荒縄をもて囲はれし火口をのぞく

還らざるながき歳月死火口の底にあまたの黄蝶とび交ふ

めりこまむ危ふさ知ればおもむろに歩みつつゆく湿原地帯

ひと葉づつみればくすめる隈笹の茂りて山のなだりの明し

伐り出ししままに積まれし太杉の樹皮粗《あら》あらと陽の光《かげ》を溜む

林道をゆきつつ駄馬が虻追ふに何ぞ尻尾《しりを》のむすばれをりて

老杉の幹にまつはり蔓くさの芽さき伸びつつ揺るるがひかる

秩父路

丈ひくき石の仏をつつむがに春の枯葉の降りつぎやまず

目鼻だちあはき仏はなぞへなる落葉がなかに安らかなるも

わづかづつ異る面《おも》の野ぼとけにわけへだてなく春の陽が照る

首のなく佇たす野仏まろらなる石を載せたり負ひ目のごとく

きめ粗き石の肌《はだへ》に天つ日は直下に差して移るともなし

視力よわれるわれ立ち止り目の崩えし石の仏に掌をあはすなり

積もり葉に半ば埋《う》もるる石ぼとけ触《さは》れば土のにほひをあぐる

まるき肩さらしつつならぶ野ぼとけのめぐりきらめく風と光と

岩清水したたりやまぬ洞《ほら》のうち石のほとけの小さく立たす

乳ふくます慈母観音の伏せたまふまなぶた厚しうすら陽のなか

児をいだく石のほとけの乳房に静脈あをく浮くがごとくみゆ

日ざかりの道に出できて舞ふ蝶の黄のあやふさをしばし目に追ふ

筵旗《むしろばた》かざしこの道奔りけむ峠《たを》こえゆけばもろ草さやぐ

せはしさに在り馴れし身は今日山に一人静の穂を見いでたり

うづたかく積めるセメント砂山に陽はかげりきて秩父は暮れゆく

野ぼとけをひと日尋《と》め来し夕べにてわれにはつひにとほき仏門

つづまりは生きたきのみと覚りたり眼下にまちの家並がひかる

Ⅱ

鈴の音

われらと共に住むべく舅姑は故郷を出づ

八十年暮らしし舅が発つあしたつぶさに庭の木木に水撒く

死水をとつて貰ひに来たぞなど俗談なれど　と胸衝かれぬ

呼ぶ鈴の音のひびくにわれはその韻きの中の囚はれ人ぞ

鬱々とありたる夕べ灌木の低きより来て蝶まひたちぬ

時かけて粥を炊きゐる窓の辺に色づきそめし青木の実みゆ

塩加減、砂糖加減の具体もて炊ぐ日日にて詩語のまぶしき

塩つぼの胴のまろみを照らしだし灯はかがやきてわが額《ぬか》のうへ

苦き茶に眼を覚まさせて対ふ机《き》に詠む韻律のなにほどのこと

疲れたるまなこ閉ぢゐて見えくるは烈しき音に降る雨のすぢ

雨止《あまや》みにまたしも湧ける虫が音は夜の畳に沁みわたりくる

夜嵐はいづくに去りき地に伏して咲ける朝顔露をとどめぬ

机のうへに読みたき書物積むままに看とる暮らしの冬に入りゆく

絵扇の鳥獣戯画はわれに対きがんじがらめの生きかた嗤ふ

身辺

こともなき日日のくらしに老いさぶるひとは真竹葉拭ひつつをり

朝霧のとく霽れてゆくまなかひに見馴れし道のあらはれにけり

疾風《はやて》吹く十字街路をわたらむと手袋ぬぎて姑の手を曳く

封書白きをポストに入れし時のまに夕べの闇の湧くごとく来つ

子らはみな離りゆきしか凧糸の張りつつ空と地をつなぐ見ゆ

抽出に汝が臍の緒の黴びてあり往き来のことも稀になりゐて

あたらしきカレンダー吊る壁のうへ釘年年に錆光りする

傷癒えし少年の来て燃えさかるどんどの火中《ほなか》に松葉杖抛《す》つ

燃すといふ所為のさびしさ昏れがたのしじまに榾《ほだ》をまたひとつ足す

くすぶりのをさまり空に向く炎澄みてあかきを見とどけて去る

いつになくわが昂りてマンホールに棄てたる雪を犬覗きゐる

枯原の樹につながれてゐる犬の限られて円く雪を汚せり

しんとせる韻きの生れよ水ぎはの葦に粉雪《こゆき》の吹きつけてゐて

しろがねの雪片《せつぺん》かぜに降り乱れ光に形あるを見てゐつ

庭さきの沈丁花の香のはげしきも封じこめたる雪の一色

咲きそむる白玉椿これの木を賜びにし人のいま病むときく

黒枠の写真みづから調へて舅姑《ちちはは》は生く身をかばひつつ

おのづから頰の瘦《こ》けしよ問はるれば春愁といふ逃げ言葉もつ

いつぽんの釘もて富士を支へしとほくそゑみをり四月のあした

かくあるも涼しきものよ弾みゐる話のそとにわれを置きゐて

ながらへて今年も蟬のこゑ聞くとまなこを閉ぢて坐れり姑は

庫裡の炉を塞ぎしところ避けてゆく僧のあゆみの音たてぬ音

征きて還らぬ海こそ君が奥津城と彼岸中日《なかび》の海ぎしに佇つ

姑病む

麻痺の手に握る胡桃の触れ合ひて鳴れり　かなしき姑の一念

病みははの声のほそきに耳を寄せ屈むるにわれおちつきがたし

麻痺の手をさすりてやれば瞑りゐるまなじりに涙滲みてありぬ

床《とこ》の上に世を限られて病むははの胸のあたりに日差しは及ぶ

酸素吸入、点滴、導尿かずかずの管にて保つ一ついのちは

わが看ぬに逝き給ひける母を思ふこの夜姑の床のべにゐて

共倒れになるやもしれず看とりつつ時かけて切るわが爪堅し

眠りより醒めたる姑のすがるがに物言ひたげにわれを見つむる

病み妻に白桃とどけたしといふ舅を連れゆく日ざかりの道

くちなしの匂ふ一枝を手折りきて病みははに告ぐわが夏の庭

持ちきたる葡萄幾房　同室の人らに頒てば姑の目わらふ

「寝たきりの老いは家族が看とれ」といふ文字の刺しきつ嫁わが胸に

自愛せよとの言葉は熱く沁みにけり病みははありて老いちちありて

曾孫《ひこ》生れしあしたいまだに姑醒めず天のはたてに懸くる虹あれ

姑の死

つひにしも間に合はざりし悔しさに手をば把りつつ床のべに佇つ

すでにして冷たくなれるその指の細きを胸に組みまゐらせぬ

なきがらの眉のうすきを擦《なぞ》りゆくあるかなきかの音を頼みて

なきがらの腕に斑《ふ》をなす針のあと存《なが》らへし日日の代償ぞこれ

みづからに調へおきし黒枠にほほゑみいますとり出でたれば

病み痩せし姑と見ゐしを骨つぼに形保ちて骨はあふれつ

姑の骨納むとひらく墓穴にこの世の光どつと差したり

亡き姑の伝ひゆきけむ手の跡か秋のひかりの壁に差しきて

逝きし姑の代りのごとく生まれきていまだ見えぬ眼わが方《かた》へ向く

姑の忌の近づきたれば庭に生ふる菊にゆたかに水を注ぎぬ

「死して遺るは集めしものより与へしもの」わが残生に迫れる言葉

流転

ひさびさに帰りきたりしふるさとの心ゆるびに仏手柑《ぶしゆかん》を買ふ

あかね濃きしやうじやうとんぼ流木にとまりそのまま流れ去りたり

羽ぬけし鳥ら日なたに群れてをりざつくばらんのかなしみが充つ

群なせるなかの一羽が離れきて地に散りぼへる抜羽をつつく

枯れいろのかまきりひとつ墓原の草にすがりてまだ生きてゐる

古き塔婆も年木《としぎ》に積むと言ひくれし人は在所によはひを重ぬ

いつよりか無用となりし水甕の空《うつろ》に雪の降りつもりゐる

梵鐘の雪落とさむと撞きゐたり一撞きごとに音澄みてゆく

死にちかき人の手をとり撫でてゐる夕べ残雪にまた雪がふる

伝来の地を今にして売るといふ冬葱太りつつあるものを

じわじわと野火のひろがりゆくところ葦直ぐ立てりいま炎あぐ

野を焼きていまだほとぼり冷めぬ地を犬が駆けゆく鎖曳きつつ

木木の間にみえがくれする遍路笠生国をのみ太ぶと記す

花三題

I　梅にほふ

紅梅の野川に沿ひて咲くがみゆ部落をわかつ境とぞ聞く

遠目にはけぶりわたりて野の梅のくれなゐ照れり寒空のなか

紅梅の花こぼれ出づる楚《すはえ》よりわが手につたふ音あるごとし

梅林に真昼をひとり来て立てば身は冷ゆるなり花の香の中

国会中継みつつ怒りし昨夜《よべ》のわがこころを愛《を》しむ梅が香のもと

しら梅の枝のかがやき　心いま越えたくおもふ仰ぎ見をりて

白梅の向うにみえてゆるやかに空ゆく雲のあらはれにけり

Ⅱ　シクラメン

ことさらのことばは添へず厚き掌にかがりび花を持ち来られたり

反りかへる形やさしき花びらを目守らむとわれ鉢に寄りゆく

密生せる葉を分け見れば丈ひくく蕾あかきが生き生きとある

賜はりしかがりび花のくれなゐを目にはとどめて心若やぐ

ひかりさす場所をば選び移しゆくシクラメンの鉢胸に抱へて

Ⅲ　あぢさゐ

あぢさゐの叢《むら》立つ茎に花あふれわが往き来する柴折戸覆ふ

たづきなき過ぎゆきの中あぢさゐの撓む重みとなりて色濃し

紫陽花にカメラ向けゐし青年が颯と汲みゆきて花に水を打つ

亡き妻に供ふと父が雨のなか出でて切りゆくあぢさゐの花

昏

くろき布覆ひやる夜の籠に馴れ鳥らねむれる刻のひそけさ

いちにちを啼きごゑ充ちゐし籠の中くぐまる鳥の息絶えてゐぬ

死にし鳥つつめる両のてのひらにふつくらとせる重み沁みくる

てのひらをくぼめて包むなきがらよ風に胸毛のかすかにさやぐ

翔るゆめ常もつわれがなきがらを地《つち》に埋《うづ》むと身をかがめたり

夏　へ

葉のかげに枇杷の実熟れてひかりをり夜すがらの雨あがりしあした

息あらき犬繫ぎをへ道の辺の高木のもとにわが汗は噴く

倒されし樫の切口炎天にむきてじわじわ樹液噴き出づ

少年の泳ぎてくだる川に添ひ犬走るなり往き戻りつつ

川なかに洗はるる馬大き眸のかなしげにして立てり静かに

潮ひきし岩まに蟹の入りゆくと鋏納むる暑きまひるま

とのぐもり水槽に餌を争ひて金魚の朱の波盛りあがる

在りなれし日にちにして竹すだれ下げて真昼の影ふかくせり

み柩を送ると人ら集ひきて刻ただよへる片陰の道

太陽の照りゐてかなし葬列の人ら明るき地をあゆみゐる

寂しらに過ぎゆくものか夜を覚め蚊の鳴くさへも声とききをり

冬　波

海恋ひて来たりし冬のすなはらに風紋しるく遠くながるる

寄する波に後退りつつ吠えたつる犬は愛《かな》しき首さしのべて

荒岩のくぼみにたむる水のあり覗けば捷《さと》く動く気はひす

放ちたきこころはただに沖波のゆるき起伏を見放けつつゐぬ

そらの青が海に消えむとするあたりにぶく光れる一線をひく

家を離《か》れ出できしわれの目のまへに展けて今日の海のかがやき

たたずめる足もとを砂走りたりくづるるものの澄めるその音

十二少年の名を彫《ゑ》る大き遭難碑冬波しろき海に対き立つ

波の音は遭難碑たつ岬山《さきやま》にとどろきひびく時の間なしに

いのちあるもののごとくに奔《はし》りきて岩間にせめぎ潮《うしほ》渦巻く

冴えかへる寒気呑みゆく冬波を眺めに来しかおそれに来しか

ふるさとの海おもふなり憚りて篤くせざりし母　今は亡し

うねりくる濤は波の秀覆ひたりそがごとく母は庇ひくれしか

退《しさ》る波また寄する波　絶ゆるなく生《あ》るる響のまんなかに立つ

引く波を巻きこむと見るや伸びあがり反れる秀先は白きほむらなす

いづくより湧く力かや平らなるが段《きだ》をなし盛りあがり波迫りくる

しら波の次ぐいきほひを見つつあればわれが気力も蘇《かへ》りくるらし

古代有情

古墳群めぐりゆく身を地の底に沈めむごときどしやぶりの雨

頭《づ》を載せし石のくぼみの底光り螢光燈下にしづむ歳月

天と地を左右《さう》の手に指したましひの象徴と立つ埴輪の農夫

土偶の目ほそく穿つは澄まし顔まるく穿つはあどけなきかな

目と口をまるく穿てる土偶らの眉なき貌のなんぞ親しき

出土せし埴輪の馬に見られをりまたたきほどのわれの一生《よ》か

ナウマン象の骨格標本　竹かごに似たる肋《あばら》の陽にさらされて

巨大古墳のなだりに生ふるたんぽぽの冠毛かるくかるく舞ひあがる

玄室に座したきものを柵の扉《と》も南京錠も鉄錆びのまま

のぞきみる玄室ただにほの暗く春を朽ちゆく落葉のにほひ

狩られきし奴婢の思ひの宿りゐむ墳墓の松に鳴る風のおと

熱き燗

吹雪くなか霊柩車にチェーン巻きゐるを四五歩ゆき過ぎはつとふりむく

灯は明く家《や》ぬち照らせり柩置く畳の黄ばみまでもさらして

「奴《やつ》を偲ぶためにも燗を熱うせよ」と残れる一人がふいに言ひたり

もみ消されし煙草灰皿に直立すそびら見えなくなりたるあとも

雪国に赴任せしまま義弟《おとうと》は逝きたり三和土《たたき》に遺る藁沓《わらぐつ》

積む雪の層の裏べを天窓に仰げば暗し土地のごとくに

竹林　—鎌倉報国寺を訪ぬ—

たかむらに陽光さし入る一瞬を竹の肌《はだへ》の皓くひかりぬ

点点と石燈籠に灯のともり竹の林の奥行を増す

手を当てし孟宗竹のすべらかに堅きに冷気の身をつらぬきぬ

竹の葉の茂みの間《あひ》にみえてゐる空あり時の奥処《おくか》のやうに

ひとしきり竹の葉さやぎわが裡のみにくきものを薙ぎ払ひゆく

風ふけば風吹くたびにさやぎつつ竹身《み》ぐるみの野ざらしの生

＊

絶壁を伝ふながれの岩淵に砕けちるとき澄む水のおと

落下せしみづは巌に砕け澄み称《よ》ぶはまさしく「天岸《てんがん》の岩」

むら竹のおのづの影の照りあひて野点《のだて》のお茶のさみどり匂ふ

胸に沁むばかりに青くにほひたつ竹千本の中にいま在る

まなこ凝らすにこの生《よ》の先の見えがたし静けきなかの篁にゐて

残年のわが安らぎか竹の葉のさやぎに秋の風を聴きゐぬ

久遠　―悼三国玲子さん―

白菊の一花を置きぬみ柩の今は安らぐ貌のかたへに

み柩の貌しづけきに安らぎて見つつしわれの涙あふれ来

好みて鳥をうたひしみ魂いまははや翔りあらむか彼方青空

「発ちがてにゐる鳥」と自《し》を詠ひしにきみ忽焉と羽ばたきゆけり

遺されし色紙の墨の濃き淡き昼のひかりに香は立ちにつつ

父三国慶一は高潔なる木彫刻家なりしが、昭和五十五年逝去。享年八十

君はいま父ぎみが辺に生き生きと彫像〈久遠〉など語り合ひゐむ

ひたぶるに汝が道ゆけと声つよめ励ましくれしひと既に亡し

わが文箱に寒中見舞の一葉あり今生終《つひ》のきみが賜物

死を選りし君がこころをいかほども知らで過ぎにきくやしかりけり

みづからに厳しき君が一生《ひとよ》かと凍て澄む冬の星座を見あぐ

存生

春ごとに花にかかれるわが思ひ老いたる父にまたも見せむと

鳥死にしより黙《もだ》ふかめたる父にことばを選ぶあしたゆふべに

襖へだて言葉かくるに或る時は応へのなくて父の明け暮れ

長椅子に凭《よ》りて余生を過ぐす父まどろむ顔のすこし痩せしか

ゆきひらといふ土鍋に粥炊くと時ながく火を目守りつつゐぬ

もの忘れ激しき父が煮凝りの魚の目玉を先づは食《た》うべつ

やはらかく煮炊きせる魚青菜など食む父の頬にくれなゐのさす

時おかずもの食ふ現《うつつ》にちちのみの父のよろこびありやと目守る

もの忘れ著しと照れて老い人のかくおほらかに軽みゆくみる

夜の蟻のいつも一匹にて這ふを老い父は言ふ　たんたんと言ふ

亡きははの脂《あぶら》の沁みし黄楊《つげ》の櫛燃すと狭庭に父はつくばふ

母在りてしばしば縋りゐし手摺そを父のいま伝ひてあゆむ

ビーカーに採りしゆまりの濁れるをしかと抱きて父は出できつ

付添ひて過ぐすわが刻くやしむに受診の父のうすき胸見ゆ

火にかざす手を示しつつ老い父は死《しに》黒子《ふすべ》ぞと言ひて笑へり

起き臥しのたどろたどろなる父の辺に雪の光《かげ》曳く日ざしは及ぶ

仏間より洩れくる父の独り言《ごと》しんじつならむに聴きとりがたし

ふる雪のなかに直立つ老杉の力しづけき幹に対きあふ

賜はりし新酒ふふみぬこの冬を父もわれらも生きながらへて

曾祖父の目もと受けつぐ女《め》の童その膝の上にゆふべ熟寝《うまい》す

米寿なるこの朝父の書く色紙きほひや秘むる掠筆《かすりふで》あと

みだれ散る光はただにわれを撃つ雪折竹の立ち直るとき

身

瘤だちし幹の奇しきに寄りゆけばえごのきとあり自己《エゴ》とは愉し

年経れば葉のぎざぎざの失《う》すと聞く柊を今日も庭に見あぐる

縞目たつ水石《すいせき》採ると伸ぶる手に波のひかりのゆらめきにけり

跋―その無垢の抒情に寄す―

浜田蝶二郎

待望久しかった伊藤雅子第一歌集がようやく誕生することになった。心はずむ思いである。

伊藤雅子さんは、角川「短歌」七月号に〈自歌自解・七月の歌　迷路のごとき〉を書いている。本州西端の瀬戸内海に面した町から呼びよせた舅姑のこと、その看取りのことを書き、それにかかわる自作短歌を挙げたものだが、伊藤さんの温かい人がらがにじみ出ている好文章であった。

伊藤さんは、昭和三十七年十一月に、私どもの結社「醍醐」に入社、松岡貞総主宰に師事し、昭和四十四年一月には主宰の命で「醍醐」の編集委員になっている。その年、六月に松岡主宰は亡くなり、「醍醐」が純然たる編集委員会制になったのちも、引き続き編集委員として、編集企画・選歌担当者であったり、社内月評、歌壇時評等の執筆者だったりしている。昭和四十五年一月、それまでの結社賞であった醍醐賞を松岡貞総賞と改称しての、第一回松岡貞総賞を受賞している。また、昭和五十年よりは同人誌「渾」の同人にもなっている。そうして、昭和五十年十二月には、受賞歌人シリーズ　合同歌集『薙』に参加し、六十六首を発表している。なお、昭和六十年には角川「短歌」の歌集歌書展望を執筆している。すでに一結社の枠を越えての活躍ぶりであり、歌集のないことが一つ不思議なことであった。それがここに満たされたのである。なんとも心はずむ思いである。

集中の歌を少し挙げてみよう。

食せむに何となけれど有難しさくらんぼに柄のあるといふこと
粥を煮る炎ゆるゆると細めゐて今がもつとも優しき妻か
俎板のくぼみに水の残れるを拭ひつつきく夜の時雨を
泣きじやくる幼な児のこゑ節ぶしに抑揚あるはたのしむらしき
かぶとむし甕より出でておもむろにおのが値札を這ひのぼりゆく
窓ガラス磨くすなはち映りゐる雲に梢にわが手は触れて

日常のなんでもない時がくっきりととらえられている。みずみずしい精神と確かな眼の所産である。しかも、ゆったりした心情がこもっている。

鼻のみを彫りたる貌の壁にあり簡潔にして冬の刻過ぐ

つらぬきてゆかむ念ひか節くれの人さし指をたつる自画像
〈腕のない細い女〉よ錐のかたちに立ちて人間のさびしさを告ぐ
などの、美術作品を歌ったものにも、作者の思いがよく出ている。

なきがらの傍へに寝ぬと寄るわれの影はおぼろに壁にゆらめく
いま一度言ひてほしきに聞きたきに母の喉仏骨つぼに入る
母上の死を歌った一連のなかの歌である。切実さが身に沁みる。

第一部、第二部と分けられている第二部に、舅姑と同居するようになっての歌が収まっている。

八十年暮らしし舅が発つあしたつぶさに庭の木木に水撒く
呼ぶ鈴の音のひびくにわれはその韻きの中の囚はれ人ぞ
疾風《はやて》吹く十字街路をわたらむと手袋ぬぎて姑の手を曳く
黒枠の写真みづから調へて舅姑《ちちはは》は生く身をかばひつつ
ながらへて今年も蟬のこゑ聞くとまなこを閉ぢて坐れり姑は
床《とこ》の上に世を限られて病むははの胸のあたりに日差しは及ぶ

わが看ぬに逝き給ひける母を思ふこの夜姑の床のべにゐて
眠りより醒めたる姑のすがるがに物言ひたげにわれを見つむる
鳥死にしより黙《もだ》ふかめたる父にことばを選ぶあしたゆふべに

これらから舅姑の悲しい姿とそれをみとる伊藤さんのやさしさが同時に伝わってくる。あたたかい心情があふれている。そうして、さわやかである。このさわやかさは、無垢で私心のないことによっていよう。

「死して遺るは集めしものより与へしもの」わが残生に迫れる言葉

という歌は伊藤さんの信条、生き方を表わしたものだろう。

自然に対する眼のこまやかさも、人間に対する暖かさと一脈通じ合っているように思われる。

たまものと思ふときのま身ひとつは木犀の香につつまれてゐて
ひざまづき水の浄きを掬ひたり掌に汲めば蒼さ失ふものを
指先まで映れるわが影われよりも確かなものにみゆる陽の中
疾く起きて遇ふしののめの光る雲わが生《よ》のなかのひと刻の今

還らざるながき歳月死火口の底にあまたの黄蝶とび交ふ
視力よわれるわれ立ち止り目の崩えし石の仏に掌をあはすなり
つづまりは生きたきのみと覚りたり眼下にまちの家並がひかる

など、伊藤さんの本領の一端を示しているようである。

「文は人なり」と言うが、「歌は人なり」という言葉がもしあるとすれば、伊藤雅子さんの歌ほど、その人がらにぴったりの歌はないのではないか。虚構とか演技とかということが全く不似合の人なのである。それだけに歌は人の胸にまっすぐに入ってくるように思われる。

なお、今年、松岡貞総生誕百年の年にあたって、第一回松岡貞総賞受賞者の歌集が出るということは、不思議なめぐり合わせだと思う。先生が生きて居られたら、どんなにか喜ばれることだろう。

昭和六十三年七月

あとがき

『ほしづき草《そう》』は私のはじめての歌集です。この集には、最近十年間の作品の中より自選したものに、合同歌集『薙』（受賞歌人シリーズ・昭和50年短歌公論社刊）より十余首を加えて、三百九十六首収めました。

昭和三十七年に「醍醐」に、同五十年に同人誌「渾」に入会し、好きであるが故にただひたむきに作歌して来ましたが、今、その方法について更に深く考えたいという思いが湧き上ってきました。一集を出すことにより足跡をみつめ直し、皆様からのご批評を糧に今後も歩みつづけてゆきたく、上梓を思い立ちました。

構成は必ずしも制作年順にはよりません。この十年の間に、高齢の舅姑を郷里より呼びよせて一緒に暮すという生活環境の変化がありましたので、それを以てⅠとⅡの章に大別し、あとは内容別に小題を付して編集をしました。

私の机の上に一葉の写真が飾ってあります。この草の実の写真はスタンドの許に置くと一層みずみずしく、見るたびに励まされ慰められて来ました。歌友水谷きく子さんの撮影によるものです。これを本集のカバーに使わせていただき、清楚でありながら勁い野の草「ほしづき草」を、そのまま歌集名としました。鎌倉の枕詞「星月夜」にちなむこの野の草は、秋たけなわの鎌倉　曼荼羅堂跡にありました由、水谷さん有難うございました。

醍醐主宰、故松岡貞総先生には一方ならぬお導きを頂きました。本年は丁度、松岡貞総生誕百年に当り、この意義ある年に第一歌集を先生に捧げることのえにしに、感慨を深くしております。

また今まで、結社を越えて諸先生や皆様より温かい励ましとお教えを頂いてきました。「醍醐」「渾の会」では良き歌友に恵まれ、これらの方々のご恩を決して忘れてはならないと思っております。

この集を編むにあたり、浜田蝶二郎醍醐社編集委員長にはご多忙の中を懇篤な跋文を頂き、出版に当っては只野幸雄様に大変お世話になりました。心よりお礼を申しあげます。

昭和六十三年七月

伊藤雅子

解説　憧憬のひと

橋本喜典

伊藤雅子第一歌集『ほしづき草』は「宙」という小題をもつ十六首からはじまる。が、ここに「宙」の字をもつ歌は一首もない。このことに私はまず注目する。六首を挙げる。

1風わたる野に見送れりうち列ね遙かの鳥となりつつゆくを
2ただよへる花の香のあり源の分かぬかなたにこころ寄せゆく
3動かざるものに混りて靡くありそを光らせて風は過ぎゆく
4いととんぼ翅を合はせて畳めればいのちは細き一すぢの糸
5枯原にしばし立ちをり飢うるごと陽光《ひかげ》恋ほしむわれも冬の樹
6寒空のこずゑ梢をつなぎゆく使徒とおもへり小《ち》さき鳥らは

1、作者は風のわたる野に立って空をゆく鳥を見送っている。鳥は一羽ではない。「うち列ね」である。大切なのは「遙か」。その「遙か」はどこだかわからない。わからぬところへの憧憬の歌なのだ。2は、花の香りの源を「分かぬかなた」と表わし「こころ寄せゆく」と、ここでも憧憬を詠む。3は風の道を心眼で見つめ、光らせて過ぎるかなたに思いを馳せる。4と5は「いのち」の歌。4の写実は無類である。「一すぢの糸」のようないのち。対して5は葉を落としつくした一本の樹木になぞらえて己れのいのちを見ている。6は梢から梢にとびうつる「小さき鳥」を「使徒」と観る。「つなぎゆく」は「使徒」の高度な縁語的用法と言ってよい。ここにも憧憬の思いがある。「宙」とはこうした憧憬を表徴する一語なのであった。

「憧憬」の語を幾度も用いたが、伊藤雅子さんは何に憧れているのだろう。山のあなたのなお遠くに住むかも知れない〈さいわい〉か。そんなものではあるまい。それは、みずからを「冬の樹」になぞらえて飢えるばかりに陽光が恋しいと詠むように、いまあるこの生命を、魂を、充足してくれる〈なにもの〉かへの憧れではないか。「庖厨蔵時」と題された一連から数首を抜こう。

青き実のひと粒ひと粒を洗ひつつ世過ぎつたなき身のことおもふ

単調につづく暮らしに或るときは酢をふり打ちて飯《いひ》かがやかす

ひかり差す皿の白魚たばしれる水の雫の色なしにけり

てのひらの染まるがままに紫蘇の葉を揉みをりひとりの刻ふかめつつ
粥を煮る炎ゆるゆると細めゐて今がもつとも優しき妻か
切口より伸びてみどりの寸ほどがみづみづしけれ籠の中の葱
白菜の一葉ひとはを剝がす手に伝はりてくる充実のおと
鮟鱇に呑まれし雑魚も煮られゐて円居《まどゐ》せる夜の過ぎてゆくなり

真面目で世渡りは下手だと知っていても、まずは平穏で幸せな日常である。主婦の暮らしは単調でも、それを否定しているわけではない。そこで厨の折々から充実につながるものを発見しようとする。一首一首にそれが表れている。切ないほどだ。およそ詩歌に志してこういう渇望を経験しない者はいないだろう。それが女性の場合であればなおさらの筈だ。伊藤雅子さんの飢餓の思いはそれであった。「憧憬」は飢餓の思いと同根、詩歌によって自己表現の充実をはかりたいという一途な願いなのであった。

以上は『ほしづき草』の（Ⅰ）である。

歌集の（Ⅱ）は高齢の舅姑を郷里から呼び寄せて一緒に暮らすという環境におけ

る歌なので、当然このおふたりに関わる歌が多く見られる。

疾風《はやて》吹く十字街路をわたらむと手袋ぬぎて姑の手を曳く
麻痺の手に握る胡桃の触れ合ひて鳴れり　かなしき姑の一念
病み妻に白桃とどけたしといふ舅を連れゆく日ざかりの道
持ちきたる葡萄幾房　同室の人らに頒てば姑の目わらふ

いわゆる看護詠・介護詠の特集が綜合誌で組まれるようになる少し前の時代である。対象に寄り添ってはいるが冷静で、甘さがない。深い愛情に立つ所作であり視覚、聴覚、触覚の生きた歌である。その愛情は舅・姑対嫁という関係よりも人間愛とでも言うべき境のものである。〈歌人の眼・表現者の眼〉が思われる。

呼ぶ鈴の音のひびくにわれはその韻きの中の囚はれ人ぞ
塩加減、砂糖加減の具体もて炊ぐ日日にて詩語のまぶしき
苦き茶に眼を覚まさせて対ふ机《き》に詠む韻律のなにほどのこと
絵扇の鳥獣戯画はわれに対きがんじがらめの生きかた嗤ふ

愚痴を言っているのではない。詩歌にこころ奪われてもそこに集中できないことへの嘆きが、やや自嘲のニュアンスをにじませながら詠まれている。苦渋の葛藤である。そういう中からもう一歩先の深められた心境が発見される。

あたらしきカレンダー吊る壁のうへ釘年年に錆光りする
しろがねの雪片《せっぺん》かぜに降り乱れ光に形あるを見てゐつ
庭さきの沈丁花の香のはげしきも封じこめたる雪の一色
おのづから頬の瘦《こ》けしよ問はるれば春愁といふ逃げ言葉もつ
かくあるも涼しきものよ弾みゐる話のそとにわれを置きゐて

カレンダーは新鮮だが、見えぬところで役を果たしている「釘」は年季を積んでがんばっている。「しろがねの」は伊藤さんらしい「光」の発見。表現を考えながらの凝視の時間である。また雪白《せっぱく》は光とともに伊藤さんの希求する心の世界。「春愁といふ逃げ言葉」も「涼しきものよ」も葛藤の最中《さなか》の度胸であり、表現者としての〈つわものぶり〉に微笑まされる。「憧憬のひと」伊藤雅子の第一歌集の歌はこ

こまで到達した、というのが改めて読んでの私の実感である。そして伊藤さんは巻末に近く

　みだれ散る光はただにわれを撃つ雪折竹の立ち直るとき

の一首を置いた。この年、本歌集は第十六回日本歌人クラブ賞を受賞、大きな祝福を受けて第二歌集『水脈』（平成十七年九月・短歌新聞社）への歩みを始めたのであった。

伊藤雅子略年譜

大正15年（一九二六）
十月二十八日、京都市北白川に生まれる。父古谷登、母タミの次女。父は京都大学医学部教授で、歌人九條武子の侍医を勤める。母は「地上」の對馬完治に師事。母の姿は後年、作歌に志す潜在的な動機となった。

昭和7年（一九三二） 6歳
十二月、父死去により、父の実家の山口県大津郡日置村（医師を天職とする祖父の許）に住む。

昭和8年（一九三三） 6歳
四月、山口県大津郡日置小学校に入学。

昭和14年（一九三九） 13歳
四月、山口県立深川高等女学校に入学。

昭和18年（一九四三） 17歳
四月、山口県立女子専門学校（現、山口県立大学）に入学。

昭和20年（一九四五） 19歳
三月、同校を卒業。四月、伊藤博義（京都大学経済学部在学中）と結婚。京都市左京区下鴨に住む。

昭和21年（一九四六） 20歳
夫の就職に伴い、東京都新宿区下落合に転居。

昭和24年（一九四九） 23歳
九月、長男正義を出産。

昭和29年（一九五四） 28歳
三月、次男精二を出産。

昭和37年（一九六二） 36歳
七月、三男健治を出産。家事育児に専念。

東京都武蔵野市境南町に転居。十一月、短歌結社「醍醐」に入会し、松岡貞総に師事。

昭和43年（一九六八） 42歳
日本歌人クラブ会員になる。

昭和44年（一九六九） 43歳
一月、醍醐編集委員になり編集企画・選歌を担当、現在に至る。六月二十三日、主宰松岡貞総逝去、享年八十一歳。追悼特集号に全著作解説を執筆。以後「醍醐」の運営は編集委員会制となる。

昭和45年（一九七〇）　44歳

一月、「第一回松岡貞総賞」を受賞。

昭和50年（一九七五）　49歳

同人誌「渾」に入会。受賞歌人シリーズ合同歌集『薙』（短歌公論社）に参加、66首発表。

昭和53年（一九七八）　52歳

三月、実母古谷タミ死去、享年八十歳。

昭和54年（一九七九）　53歳

山口県に代代住んでいる伊藤の両親に上京を勧め、共に暮らす。

昭和58年（一九八三）　57歳

九月、母伊藤井千代死去、享年八十四歳。

昭和60年（一九八五）　59歳

角川「短歌」の「歌集歌書展望」を一年間担当。

昭和61年（一九八六）―**平成1年**（一九八九）　60歳―63歳

「現代短歌を評論する会」（玉城徹、片山貞美、外塚喬、他の諸先輩）に入会、超結社の勉強会に参加。

昭和63年（一九八八）　62歳

十月、第一歌集『ほしづき草』上梓（短歌公論社）。このころから長期にわたり毎月、武蔵野市民短歌会の講師を勤める。別に、右の有志により「ふじの会」が設立され、毎月、勉強会。

平成1年（一九八九）　63歳

一月、『ほしづき草』出版記念会（学士会館）。百二十名出席され、有意義なご批評を頂く。五月、『ほしづき草』により第16回日本歌人クラブ賞受賞。十一月、来嶋靖生著『推敲添削　歌を磨く』（飯塚書店）に推敲体験を執筆。

平成2年（一九九〇）　64歳

「短歌ミューズ」に一年間「現代作歌論」を連載。毎月歌集10冊の鑑賞批評をする。

平成3年（一九九一）　65歳

結社誌「朝霧」に一年間「現代短歌鑑賞」を執筆する。その他、綜合誌・結社誌に多くの評論・書評を執筆。

平成4年（一九九二）　66歳
現代歌人協会会員となる。

平成5年（一九九三）　67歳
『平成歌人短冊全書』（東京四季出版）に写真と自筆短冊二枚を発表。七月、父伊藤正作死去、享年九十六歳。

平成7年（一九九五）　69歳
『自歌自註　相聞』（短歌新聞社）に執筆。

平成9年（一九九七）　71歳
「短歌現代」の「新刊紹介」を半年間担当執筆。七月六日、塩尻市短歌会主催の第10回若山喜志子忌に於て「私の短歌」と題して講演。歌会の講評をする。

平成13年（二〇〇一）　75歳
五月、川越の養寿院における曲水の宴に参加。

平成14年（二〇〇二）　76歳
二月二十六日、醍醐社編集委員長の浜田蝶二郎逝去、享年八十三歳。追悼特集号を編集。

平成15年（二〇〇三）　77歳
三月二十日、夫博義死去、享年七十九歳。

平成16年（二〇〇四）　78歳
二月、新生を決意して、千葉県君津市豊英三五五―一〇（サン・ラポール南房総弐番館九〇五号室）に転居。

平成17年（二〇〇五）　79歳
九月、第二歌集『水脈』上梓（短歌新聞社）。

平成18年（二〇〇六）　80歳
十月、武蔵野市民芸術文化協会主催の短歌大会に選者を依頼され、講評。

平成19年（二〇〇七）　81歳
十一月、「石門堂」合同短歌会の講師を勤める。爾来、毎年講評。

平成20年（二〇〇八）　82歳
『短歌歳時記　下』（短歌新聞社）に執筆。『山村湖四郎のうた』（短歌新聞社）に鑑賞執筆。

平成22年（二〇一〇）　84歳
醍醐十一月号を創刊70周年記念号として、会員の協力により発行。

平成23年（二〇一一）　85歳

十一月二十三日、日本短歌雑誌連盟に於て、醍醐創刊70周年記念号が優良歌誌特別賞として表彰される。席上、答辞・お礼の言葉を述べる。

本書は昭和六十三年短歌公論社より刊行されました

歌集 ほしづき草　〈第1歌集文庫〉

平成25年8月6日　初版発行

著　者　伊　藤　雅　子
発行人　道　具　武　志
印　刷　㈱キャップス
発行所　**現代短歌社**

〒113-0033 東京都文京区本郷1-35-26
振替口座　00160-5-290969
電　　話　03(5804)7100

定価700円(本体667円+税)
ISBN978-4-906846-83-2 C0192 ¥667E